CATALOGUE

D'UNE COLLECTION

D'AQUARELLES

DESSINS & PASTELS

DE L'ÉCOLE MODERNE

DONT LA VENTE AUX ENCHÈRES PUBLIQUES AURA LIEU

HOTEL DROUOT

SALLE N° 3, AU PREMIER ÉTAGE

Le Mercredi 25 Janvier 1865

A DEUX HEURES PRÉCISES

Par le ministère de Mᵉ **Charles PILLET**, Commissaire-Priseur,
rue de Choiseul, 11,

Assisté de **M. BARRE**, Expert, rue de la Boule-Rouge, 7,

CHEZ LESQUELS SE DISTRIBUE LE PRÉSENT CATALOGUE

EXPOSITION PUBLIQUE

Le MARDI 24 Janvier 1865, de une heure à cinq heures.

PARIS

RENOU & MAULDE

IMPRIMEURS DE LA COMPAGNIE DES COMMISSAIRES-PRISEURS

Rue de Rivoli, 144.

—

1865

CATALOGUE

D'UNE COLLECTION

D'AQUARELLES

DESSINS & PASTELS

DE L'ÉCOLE MODERNE

DONT LA VENTE AUX ENCHÈRES PUBLIQUES AURA LIEU

HOTEL DROUOT

SALLE N° 3, AU PREMIER ÉTAGE

Le Mercredi 25 Janvier 1865

A DEUX HEURES PRÉCISES

Par le ministère de Me **CHARLES PILLET**, Commissaire-Priseur,
rue de Choiseul, 11,

Assisté de **M. BABRE**, Expert, rue de la Boule-Rouge, 7.

CHEZ LESQUELS SE DISTRIBUE LE PRÉSENT CATALOGUE

EXPOSITION PUBLIQUE

Le MARDI 24 Janvier 1865, de une heure à cinq heures.

PARIS

RENOU & MAULDE

IMPRIMEURS DE LA COMPAGNIE DES COMMISSAIRES-PRISEURS
Rue de Rivoli, 144.

1865

CONDITIONS DE LA VENTE

———

Elle sera faite au comptant.

Les Acquéreurs paieront, en sus des adjudications, CINQ pour CENT, applicables aux frais.

DÉSIGNATION

BARRÉ

1 — La Moissonneuse (d'après Muller).   (Pastel.)

BEAUMONT (Ed. de)

2 — Jeune Fille tenant un nid d'oiseau.   (Dessin.)
3 — Enfant turc et singe.   Id.
4 — L'Amour meurt et ne se rend pas.   Id.
5 — Pierrot et Domino.   Id.

BEAUCÉ

6 — Nature morte.   (Pastel.)

BELLANGÉ

7 — Femme normande.   (Dessin.)
8 — Un Cosaque.   (Aquarelle.)

BOUCHEZ

9 — Guerrier jouant avec un enfant.   (Aquarelle.)

BOULANGER (Élise)

10 — Les Deux amies.   (Aquarelle.)

BOUTON

11 — Ruines romaines.   (Aquarelle.)

CALAME

12 — Vue prise en Suisse.   (Sépia.)

CANON (Louis)

13 — La Jeune malade.   (Aquarelle.)

CHARLET

14 — Bonaparte à Toulon.   (Dessin.)
15 — Napoléon chargé par les cosaques. (Arcis-sur-Aube.)
                                                (Dessin.)
16 — Banquet offert par les cochers de Paris à celui du
     Premier Consul.   (Dessin.)
17 — On ne passe pas !   Id.
18 — Portrait de sa femme.   Id.
19 — Les Farceurs.   Id.

CHAVET

20 — Le Lecteur.   (Aquarelle.)

CICÉRI

21 — Aquarelles diverses (Paysages).

COIGNET (Jules)

22 — Environs de Rome.   (Aquarelle.)
23 — Vue de Suisse.   Id.

COLIN (A.)

24 — Suissesse et Napolitaine.   (Aquarelle.)

COLLIN (Mme)

25 — Marguerite.   (Aquarelle.)
26 — Le Message.   Id.
27 — Italiennes au bain.   Id.

CORDOUAN

28 — Environs de Toulon.   (Aquarelle.)

DADURE

29 — Roméo et Juliette.   (Aquarelle.)

DARCY

30 — Famille de bûcheron.   (Aquarelle.)

DAVID (Louis)

31 — Une Bernoise.   (Aquarelle.)

DELACROIX (Auguste)

32 — Promenade dans le parc.   (Aquarelle.)

DEVÉRIA

33 — La Diseuse de bonne aventure. (Dessin à la plume.)

D'ORSCHVILLER (Henri)

34 — La Sortie de l'office.   (Aquarelle.)

ÉCOLE ANGLAISE

35 — Paysage.   (Aquarelle.)

FIELDING

36 — La Chasse au marais.   (Sépia.)

FLERS

37 — Village au bord de la Seine.   (Dessin.)

FORT (Siméon)

38 — Vue prise à Cernay.   (Aquarelle.)

39 — Une Chaumière.   Id.

FRITZ

40 — Femme de Sorrente.   (Aquarelle.)

GALETTI

41 — Vue prise en Hollande.   (Aquarelle.)

42 — Falaises.   Id.

GAVARNI

43 — Quatre croquis dans le même cadre : Scènes de la vie parisienne.   (Crayon noir.)

44 — Le Quartier latin.   (Dessin rehaussé.)

GARNEREY (Hippolyte)

45 — Promenade au parc.	(Dessin.)
46 — Paysage.	(Aquarelle.)

GENGEMBRE

47 — Un Camp de cavalerie.   (Dessin.)

GENIOLE

48 — La Promenade.	(Dessin.)
49 — Le Repos.	Id.
50 — La Leçon de charité.	Id.

GINAIN (Eugène)

51 — Passage de la Mitidja.   (Aquarelle.)

GIRARD

52 — Bois de Meudon.	(Aquarelle.)
53 — Château Randan.	Id.

GRANDCHAMP

54 — Tête de Vierge.   (Pastel.)

GRANET

55 — Un Chapitre de Templiers.   (Aquarelle.)

GUÉ

56 — Paysage traversé par un cours d'eau. (Aquarelle.)

GUET

57 — Jeune Mère allaitant son enfant. (Aquarelle.)

GUYAUD

58 — Une rue de Rome. (Aquarelle.)

JEANRON

59 — Le Mendiant. (Aquarelle.)

JOHANNOT (Alfred)

60 — La Surprise. (Aquarelle.)

61 — Rowena et Rébecca. Id.

JOYANT

62 — La Fontaine Pauline à Rome. (Aquarelle.)

63 — Ruines du Temple de la paix à Rome. Id.

64 — Vue prise de Bassano. Id.

LAPITO

65 — Côtes de Pausillppe. (Aquarelle.)

66 — Souvenir d'Albano. Id.

LAMI (E.) ET LEPOITEVIN

67 — Quatre croquis dans le même cadre : Scènes de la vie parisienne.   (Dessin.)

LIABASTRE

68 — Village d'Italie.   (Aquarelle.)

MANSSON

69 — Tour de l'Horloge, à Rouen.   (Aquarelle.)
70 — Intérieur de l'église d'Aubervilliers.   Id.
71 — Une Rue à Troyes.   Id.

MARSAUD

72 — Garde-Chasse.   (Aquarelle.)

MAROHN

73 — Jeune Garçon soufflant le lait.   (Aquarelle.)

MARTIN (P.)

74 — Falaises.   (Aquarelle.)

MIDY (D'après David)

75 — Prière à la Vierge.   (Aquarelle.)
76 — L'Attente.   Id.

MIDY (D'après Bousquet)

77 — Jeune Mère.   (Aquarelle.)

MAROHN

77 bis — La Petite Poureuse.   Id.

MIDY (D'après LEPOITTEVIN)

78 — Le Chaperon Rouge.   (Aquarelle.)

MONVOISIN

79 — Bergère suisse avec son mouton.   (Aquarelle.)

MOZIN

80 — Vue prise du Pont Louis XVI.   (Aquarelle.)

NEWTON FIELDING

81 — Cerfs et biches.   (Aquarelle.)

PIGAL

82 — Les Soins d'une mère.   (Aquarelle.)

PORTAELS

83 — Odalisque couchée.   (Dessin rehaussé.)

RAMELET

84 — Pêcheurs normands.   (Aquarelle.)

RAYMOND

85 — Vue d'un Monastère.   (Aquarelle.)

SEIGNEURGENS

86 — Le Garde-Chasse.   (Aquarelle.)

TASSAERT (O.)

87 — Vue d'un village, effet de nuit. (Dessin à la plume.)

TESSON (Louis)

88 — Ancienne rue de Normandie. (Aquarelle.)

TEICHEL

89 — La Joueuse de mandoline. (Aquarelle.)

THIÉNON

90 — Le Passage du Bac. (Mine de plomb.)

91 — Couvent de moine en Italie. Id.

THOMAS (Louis)

92 — Vue prise en Hollande. (Aquarelle.)

THUILLIER (Louise)

93 — Vue prise à Tivoli (États Romains. (Dessin rehaussé.)

TRAVIÈS

94 — La Jeune Ménagère. (Aquarelle.)

TOURNEMINE

95 — Marine. (Aquarelle.)

TUCKER

96 — Côtes de Hollande. (Aquarelle.)

97 — Côtes d'Écosse. Id.

VALÉRIO

98 — Jeune Fille au puits.   (Dessin.)

99 — Il Farniente.   (Dessin rehaussé.)

VALLOU DE VILLENEUVE (J.)

100 — La Confidence.   (Aquarelle.)

VERNET (HORACE)

101 — Tête de Juive.   (Dessin à la plume.)

102 — Trois croquis divers.   (Mine de plomb.)

103 — Croquis divers.   Id.

WATELET

104 — Le Moulin à eau, environs de Grenoble. (Aquarelle.)

WYLD

105 — Heidelberg.   (Aquarelle.)

106 — **VILLERET**. Vue du Pont des Arts.   Id.

107 — **COUVELEY**. Intérieur d'église italienne. Id.

108 — **VAN SPAENDONCK**. Fleurs.   Id.

109 — **TH. ROUSSEAU**. Dessin au Fusain.

110 — **SAINT-MARTIN**. Intérieur de chaumière.   (Aquarelle.)

RENOU et MAULDE, imprimeurs de la Compagnie des Commissaires Priseurs,
rue de Rivoli, 144.   38131